Das Essen wird für die menschliche Zivilisation serviert[1]

---

[1] Bertolt Brecht prägte den Ausspruch „Erst kommt das Fressen, dann kommt die Moral". Oft wird das so interpretiert, als sei den Menschen die Moral egal. Er meinte damit aber: Über ethische Fragen nachdenken kann man erst, wenn der Magen voll ist. Wann ist der moralische Magen des Hungers voll, wo wir Menschen in der Begegnung mit dem Menschen, der vor der Nase steht, unser Miteinander ändern müssen? Damit Respekt und Rücksichtnahme akzeptiert werden können und nicht als verwöhnte Wortwahl, mit der man sich beleidigt bewirft.

Eine Widmung für alle Freunde
zwischendurch und zukünftige Freunde

Sophie van der Caukies

Die Medaille, die zwei Seiten hat.

- Eine gute Brücke zur Freundschaft ist der Weg in eine gute Welt!

Impressum

Ursprünglicher Buchtitel: Eine gefährliche Suppe. (Das Buch).

Foto-Cover: Melodiekreuz (Melodi Melodikrysset Sveriges Radio) uhr und Fußball Schwedisches Radio.

Fotos: © H.T.S. Das Gemälde Gröna Lund (Seite 7). Das Künstleressen (Seite 1). Ein roter Punkt mit einem schwarzen Punkt (Seite 8). Schwarz mit einem roten Punkt in der Sonne und vier weißen Punkten in der Mitte des Tunnels (Seite 44). Schach für Farbenblinde, damit Sie langweilig werden. (Seite 44).

Weitere Mitwirkende/Iillustration/Korrekturlesen/Übersetzung/Ghostwriter/Danke an: Sun & Rainbow & Edelweiss Group Enterprises International Aktiebolag, Thomas "Rainbow" Edelweiss, S., S.R.I.G. H., A.-M. R., V.-L. S., H.T.S., U. W., Linus Thomas, Linus Reimers-Heidemann-Wagner, Christopher van der Caukies, Sophie van der Caukies und Linkans und Freunde auf der ganzen Welt. Alle Rechte vorbehalten.

Auflage: 1 Edition.

Verleger: BoD – Books on Demand, Stockholm, Sverige.

Druck: BoD – Books on Demand, Norderstedt, Tyskland.

ISBN: 978-91-7463-417-4.

Vorwort

Ein gutes Buch, in dem die Freundschaft zwischen Freunden zum Leben gehört. - Die Freude an Freunden ist, dass man in guten und schlechten Zeiten, in guten und schlechten Zeiten zusammen sein sollte, einfach zusammenhalten. Wie eine Ehe mit wahrer Liebe füreinander.

Wussten Sie, dass dies eines der teuersten Dinge ist, die Sie bekommen können, aber es ist kostenlos zu geben und zu bekommen? Etwas, das jeder zu schätzen weiß!

Eine Perle ist wie ein guter Freund mit gutem Wert. In guter Zusammenarbeit wächst und entwickelt sich Freundschaft.

Ich wünsche Ihnen eine wunderbare und angenehme Zeit mit diesem Buch, vermittelt aber gleichzeitig Wissen über den Wert zwischen Menschen, wo die Begegnung die Seele ist, wenn Sie sich in einer Kommunikation begegnen, die das Ergebnis dessen gibt, was Sie befürchtet haben, und die Ernte ist dann. Wie eine kleine Biene, die Leben gibt, um sich fortzupflanzen, wenn die Frucht einen Apfel oder eine Birne gibt, wird sie Nahrung für alle Organe des Körpers und die Seele hat ein Gleichgewicht, das besser leben kann.

Mit Liebe und Grüß,

Sophie van der Caukies

Farben des Lebens[2]

---

[2]Die Farben in diesen Gemälden werden als Spiegelbild des Gemäldes gesehen, wo das Kunstwerk in Farben ist. Die Technik stammt von „Gröna Lund", dessen Name mit dem Gemälde identisch ist. Gröna Lund ist ein Vergnügungspark im königlichen Djurgården in Stockholm.

Ein roter Punkt mit einem schwarzen Punkt.

Trinken Sie ohne Probleme Kaffee oder Tee nach Herzenslust. Oder hast du alle Tassen im Schrank?

Zwei gleichwertige Menschen

Die Kunst, durch zivilen Ungehorsam, Gewaltlosigkeit und Offenheit für Abrüstung einzutreten. Es besteht aus vielen Menschen und Gruppen auf der ganzen Welt, die zusammenarbeiten, um die militärische Aufrüstung zum wohl größten Hindernis für die Gerechtigkeit in der Welt zu machen.

Ein Teil, das vor dem Auto sitzt und das Land in der Landwirtschaft sieht, damit Sie die verschiedenen Bereiche der Nahrung kultivieren können, die die Menschheit satt und zufrieden geben und ernähren. Das Schwert zu schmieden, während es heiß ist, damit das Eisen weich wird, verwandelt tödliche Waffen in etwas Nützliches.

Wenn das Land des Landwirts richtig bepflanzt ist. Dies schafft die Möglichkeit von Gerechtigkeit und Frieden in der Welt, wenn alle vom Zweck der Demokratie satt werden können. Konflikte können ein Signal für uns sein, eine friedliche Welt ohne Krieg oder Krise zu schaffen, in der wir alle auf einem Planeten leben, auf dem wir uns selbst gehören und verwaltet werden. Wo man die andere Wange hinhält. Soll dies respektvoll und rücksichtsvoll hingenommen werden?

Und dann die Mücken zerquetschen und die Kamele spülen, was dazu führen kann, dass aus kleinen Dingen eine große Sache gemacht wird und weit wichtigere Dinge übersehen werden.

Aber durch ein Loch in der Nadel, wo Sie einen Faden in eine Nähnadel ziehen, mit einem engen Durchgang auf dem Hindernis, das das Auge nur schwer durchdringen kann. Stich niemanden mit dummen Kommentaren.

Nun, wenn Sie in diesem Buch eine skurrile Geschichte über einen Jungen und einen anderen Jungen beginnen, der schon lange etwas erlebt hat, ist es noch nicht lange her, es war im Mutterleib, weil atg sich an die alten Zeiten erinnert, die waren. Ein Junge namens Sam, der normalerweise der Adler genannt wird, und ein Junge namens Mischa, weil er wie ein Junge aussah und sich wie ein Mädchen benahm, als er ein Junge war.

Nichts Bemerkenswertes, aber
dennoch aufschlussreiches Wissen,
das man aufnehmen und daraus lernen
kann. Es geht darum, dass zwei
Menschen sich mit Respekt und
Rücksichtnahme begegnen. Wie
verwöhnte Kinder, die einander
begegnen.

Als sie an all diesen Geschäften
vorbeikamen, die viele verschiedene
Handys mit ihren Abonnements in ihren
Schaufenstern hatten, konnte man
sehen, wie ein Junge mit dem anderen
Jungen um die Wette lief und eine
bedeutungsvolle Geste in Richtung
eines der Geschäfte machte, als ob er
eintreten wollte.

Dieser Junge dachte nämlich selbst daran, einige Mobiltelefone auszutricksen, entweder durch Tricks oder indem er einfach etwas schnell drehte. Er war überhaupt nicht in solche Geschäfte verwickelt. Er verstand die bedeutungsvolle Geste nicht.

Hier haben wir also zwei Personen mit der gleichen Botschaft. Der eine macht große Schritte auf der breiten Straße, während der andere sicher und bequem auf der schmalen Straße geht.

Als diese Geschichte in diesem Moment erlebt wurde, war es ein Junge, der etwas in seiner Seele hatte, was der andere Junge nicht hatte.

Man möchte es so erklären, dass der erste eine Veranlagung, eine Veranlagung, eine Neigung, eine Absicht hatte, etwas stören zu wollen, was ihm nicht gehörte, kurz das siebte Gebot zu brechen, das unser allmächtiger Gott im Glauben an die Menschen soll Gottes Zehn Gebote befolgen. Du sollst nicht stehlen.

Er war zehn Jahre alt. Der andere Junge war 15 Jahre alt. Nein, er war nicht wütend, nicht im geringsten. Aber er hatte eine Neigung, ein Vermächtnis, das ihn niederdrückte. In diesem Fall trug der andere kein solches Erbe. Ein Vermächtnis, das Ehrlichkeit in seinem Körper hat. Jeder hat unterschiedliche Belastungen zu tragen.

Den breiten oder den schmalen Weg gehen? Um richtig geschult zu werden, lernen viele Menschen auf unterschiedliche Weise.

Die Farbe der Freundschaft

Freundschaft ist kein Sport, keine Politik oder Religion, aber das Spielen eines Sports verbessert oder verschlechtert Ihr Wohlbefinden und Ihre Gesundheit, im Guten wie im Schlechten, und die Freundschaft wächst entsprechend.

Es ist besser, über Freundschaft und den Preis nachzudenken, den sie bringen kann, als zu gewinnen oder zu verlieren. Gut kämpfen bedeutet zu wissen, dass man lange vor dem versprochenen Sieg gekämpft hat. Die Farben geben auf unterschiedliche Weise die Antwort, wo es Elemente gibt, denen unser Planet gerecht werden muss.

Freundschaft bietet ein farbenfrohes Ereignis, das die Verfolgung des Ziels anregt, wo die Verfolgung und das Ziel die Mühe wert sind.

Es ist wie ein Regenbogen, der an einem Ende beginnt und am anderen endet, jenseits von Wissenschaft und Geschichte, Sport, Religion oder irgendetwas anderem, wo der Baum der Erkenntnis die Frucht trägt, die die Kraft stärkt, die das Universum erhält, der Planet Erde existiert.

Es geht darum, die menschliche Seele einzufangen – Kommunikation und Kontakt zwischen Menschen – respektvoll und rücksichtsvoll miteinander umzugehen, bewusst anzunehmen.

Hier ist eine ungewöhnliche
Kurzgeschichte über Frieden und
Konflikt:

Es war einmal ein kleines Dorf, das an
einem Fluss lag. Die Dorfbewohner
lebten in Harmonie zusammen und
hatten lange Zeit Frieden und
Wohlstand genossen. Aber eines
Tages tauchte auf der anderen Seite
des Flusses ein anderes Dorf auf, und
mit ihm kam es zu Konflikten. Die
neuen Dorfbewohner wollten mehr
Land und mehr Wasser zu ihrem
eigenen Vorteil, und sie waren nicht
bereit, kampflos auf etwas zu
verzichten.

Auch die Dorfbewohner auf der ersten Seite des Flusses wollten ihr Land und Wasser nicht hergeben, und ein Konflikt brach aus. Die beiden Dörfer begannen zu kämpfen und schickten Soldaten gegeneinander, und niemand wusste, wer gewinnen würde.

Doch eines Tages hatte einer der Dorfbewohner eine Idee. Er war ein alter Mann, der in seinem Leben viele Konflikte erlebt hatte, und er wusste, dass es zu nichts Gutem führte. Er beschloss, zu versuchen, Frieden zu schließen. Er ging in das andere Dorf und fing an, mit ihrem Anführer zu sprechen, und gemeinsam fanden sie eine Lösung.

Sie würden Land und Wasser zu gleichen Teilen teilen und eine gemeinsame Regel dafür schaffen, wie alles genutzt werden sollte. Die beiden Dörfer gaben sich die Hand und erklärten, dass sie von nun an Frieden miteinander hätten.

So kehrte Frieden in die Dörfer zurück und alle waren froh, frei von Konflikten zu sein. Sie begannen, Brücken untereinander zu bauen und zusammenzuarbeiten, um eine bessere Zukunft für alle zu schaffen. Und sie wussten, dass Frieden die stärkste Waffe ist, die es gibt, und dass dies der einzige Weg ist, eine wirklich harmonische Welt zu schaffen.

Wenn Frieden zu einem Konflikt wird, der zu Krieg führt, ist es wichtig, friedliche und gewaltfreie Lösungen für den Konflikt zu finden. Es gibt verschiedene Methoden und Werkzeuge, die zur friedlichen Lösung von Konflikten beitragen können, wie zum Beispiel:

Mediation: Ein neutraler Dritter kann helfen, zwischen den Parteien zu vermitteln und eine für alle akzeptable Lösung zu finden.

Dialog und Kommunikation: Indem die Parteien ihre Bedürfnisse und Meinungen offen und ehrlich äußern, können die Parteien einander besser verstehen und vielleicht eine gemeinsame Lösung finden.

Konfliktlösungstraining: Durch das Erlernen verschiedener Techniken zum friedlichen Umgang mit Konflikten können Konflikte effektiver gelöst werden.

Es ist auch wichtig, Hilfe von anderen zu suchen, zum Beispiel von Organisationen, die sich für Frieden und Konfliktlösung einsetzen, oder von Behörden, die helfen können, den Konflikt auf friedliche Weise zu lösen.

Mischa kämpft gegen Sam

Es war einmal ein kleiner Junge namens Mischa, und er war ein junge, der sich in Sprache, Schrift und im sozialen Leben anders kleidete, als die Menschen es tun sollten, mit einem aufgeschlossenen und introvertierten Körper, was ihn sehr schnell wütend machte. Trotzdem war der Junge ein recht freundlicher Mensch und ein außergewöhnlich liebenswürdiger kleiner Mensch. Mischa, der auch einen Hund hatte, der den Namen „Pitbull" trug, obwohl er eine Kreuzung zwischen einem Kampfhund und einem Chihuahua war. Es war ein netter Hund und der beste Freund des Jungen. Ein wirklich guter Freund zum Mitnehmen.

Wo die Freundschaft zwischen ihnen keine Grenzen kannte, konnten sie mit der Macht, ihre Umgebung zu verbessern, Dinge anders machen. Nennen wir einfach "normal bedrohlich" den "Jungen", der seinen Hund als lebende Waffe benutzt hat, einen defensiven Freund, der immer auftaucht, wenn Sie einen Freund brauchen, wenn Sie einen guten Freund am meisten brauchen. Aber eines Tages hatte der Junge eine schreckliche Idee, als der Junge sehr wütend wurde. Wütender denn je, wie nie zuvor und ohne auch nur an die Konsequenzen zu denken, wo der Moment durch den verborgenen Namen des Gedankens getrübt wurde. Der Junge benutzte den Hund, um zu versuchen, andere unschuldige Menschen anzugreifen.

Nach einer Weile wurden auch andere völlig unschuldige Menschen verletzt, nicht sehr schwer, nur einige Wunden, die mit bloßem Auge nicht sichtbar waren, aber niemand starb an den Verletzungen, die der Hund verursacht hatte. Nur kleinere Abschürfungen am Körper. Der Junge geht frei, als ob nichts passiert wäre, also keine Strafe. Glück für den Jungen? Aber der Junge hat seine größte Strafe erhalten, die niemand außer dem Jungen selbst geben kann. Es kann mit einem einzigen Wort erklärt werden: GEWISSEN, das sich in der Seele niederlässt, außer bei denen, die ihren ganzen Körper zerstört haben und Teile ihres Körpers in Form von kleinen Abschürfungen oder Narben zerkaut haben, und jedes Mal, wenn sie in den Spiegel schauen Sie erinnern sich, dass es die Zeit war, in der Sie von einem wütenden Hund besessen waren, der einem sehr wütenden Jungen gehörte.

Denke selbst! Es ist nicht schön, deinen blutigen Körper im Spiegel zu sehen und dich jedes Mal daran zu erinnern, wenn sich das schreckliche Ereignis vor dir abspielt, wenn du da stehst und dich in den Augen des Spiegels siehst. Wenn Sie vor dem Spiegel stehen, um sich von der Schönheit eines wütenden Hundes mit einem wütenden Jungen inspirieren zu lassen.

Es war tatsächlich diese Zeit, die den Jungen so wütend machte und die Wut die Früchte des Vorfalls tragen musste, als der Junge mehrere Lottoscheine für 2000 Menschen hatte, um an einer Lotterie teilzunehmen, einige mit großen Gewinnen, einige sogar im Fernsehen die Chance zu bekommen, groß zu gewinnen, wo einige sehr reich wurden, die diese Leute nicht teilen mussten, und andere im Fernsehen waren, als einige nicht im Fernsehen sein wollten.

Aber Freundschaft zeigt, was Geben
und Nehmen wirklich bedeuten kann,
denn ein Magnet, der 2000 Menschen
anzieht, wird mit dem Jungen
gleichgesetzt. Ein Magnet hat eine
Plus- und eine Minusseite. Sie
sprechen nicht darüber, wer falsch oder
richtig gehandelt hat, sondern sagen
den Preis einer Freundschaft, in der
Freunde frei sind und miteinander sind,
was wertvoller ist.

Aber dann kam ein Tag, es war der erste Tag, an dem der Junge 2.000 Nägel schlug (das Symbol für Menschen, die er verletzte), nach ein paar Wochen, die relativ schnell vergingen, lernte er, seine Wut zu kontrollieren und die Anzahl der eingeschlagenen Nägel nahm ab. An einem sehr schönen Tag, als die Sonne so hell mit einem Lächeln schien, wie es nur eine glückliche Sonne tun kann, erkannte er plötzlich, dass es einfacher ist, seine schreckliche Wut zu kontrollieren, als Nägel in einen Zaun zu treiben.

Endlich kam der Tag, an dem der Junge kein einziges Mal wütend wurde, der dies zu seinem Vater sagte, der seinem kleinen Jungen ein weiser Vater war, aber in bestimmten Momenten, die nicht die besten Seiten waren, schlechte Laune hatte. Der Vater schlug seinem kleinen Sohn dann vor, jeden Tag einen Nagel aus dem Zaun zu schlagen und jeden Tag herauszuziehen, bis er nicht mehr wütend sei. Die Tage vergingen und nach einer Weile konnte der in Moskau geborene Junge namens Mischa seinem Vater namens Sam, der aus den USA in die Sowjetunion kam, mitteilen, dass kein einziger Nagel mehr im Zaun war.

Dann kam der vater Sam, aber wir nennen nur den "Vater", der dem Jungen die Hand gab und ihn am Zaun stehen sah und die Hand des jungen Misha am Zaun entlang streichelte, nachdem er hatte, was das alles an Elend und Hässlichem verursachte Flecken am Zaun, sagte der vater zum jungen:

- Gut gemacht, Sohn, aber schau dir all diese Löcher an, dieser Zaun wird nie wieder derselbe sein und weißt du warum?

Der vater gehörte fast seinem kleinen
Sohn, der ein netter kleiner junge war:

*- Dass Sie niemals wütend werden
sollten, wenn eine Aggression kam, sie
in Ihrem Körper überwinden und vor
allem über Ihr Verhalten nachdenken
und darüber nachdenken sollten, was
passiert, wenn Sie wütend werden.
Denn wenn du es nicht tust, kannst du
nicht so oft kommen und um
Verzeihung bitten, wie du willst, es hilft
nichts, weil es nicht besser wird,
sondern immer schlimmer, bis die
Grenze erreicht ist.*

Ist die Todesstrafe besser? Nein! Die Person lebt weiter mit den Wunden am Körper, an die man sich jetzt und in Zukunft oder morgen immer erinnern wird. Das Opfer und der Verletzte tragen ihren Schmerz für den Rest ihres Lebens. Gerechtigkeit? Du solltest niemals jemanden verletzen. Denk darüber nach!

Denn ohne Freunde hast du nichts. Freunde sind eigentlich sehr seltene Kostbarkeiten, wo Wert etwas ist, was man umsonst bekommen kann, sie machen dich glücklich und unterstützen dich in allem, sie hören dir zu, wenn du Sorgen hast, loben dich und sind immer bereit, dir ihr Herz zu öffnen.

So wie du deinen Freunden gegenüber sein solltest und deine Freunde dir gegenüber. Nur zu, es braucht so wenig, um so viel zurückzubekommen.

Alles ist kostenlos und kostet nichts. Aber geschenkt bekommt man nichts.

Ein einfaches freundliches Lächeln, das der gefährlichste Virus der Welt ist, oder die freundlichsten Worte, die ausreichen, um der Außenwelt seine Dankbarkeit zu zeigen. Denn die Welt sieht so viel besser aus, wenn man mit seiner Umgebung und der Ruhe vor dem Sturm im Einklang ist, nicht umgekehrt.

Denken Sie im Voraus daran, dass es das Ehrenwort an alle ist, die Sie treffen, vergessen Sie es niemals!

Es geht darum, die Seele jedes Einzelnen einzufangen, wo „Kommunikation und Kontakt zwischen Menschen", sich verstehen und am selben Ort und am selben Ort begegnen.

So sollten Sie einander wahrnehmen, und das versucht dieses einfache Buch zu vermitteln, in dem zwei oder mehr Menschen sich in einer Welt, die im Gleichgewicht ist mit Menschen, die darin leben, die Hand reichen. Zu geben und Hand in Hand zu gehen mit der Wahl der Sprache oder des Verhaltens des anderen gegenüber uns, die wir Menschen genannt werden.

Was ist die gefährlichste Infektion der Welt? Es ist ein Lächeln auf dem Gesicht der Person, die Sie treffen! Zusammen sind wir stark!

Denn der Junge wusste die Antwort so wenig wie viele andere mit ihm. Aber das Schöne daran ist, dass der Junge heute stattdessen 2000 Freunde hat, die sich um ihn kümmern und die gemeinsam die Situation besser bewältigen können, durch einen Konflikt, der kommen kann, wenn man es am wenigsten erwartet. Also lebt jetzt der Junge, der ein guter kleiner Junge namens Misha ist, mit seinem Vater zusammen, der ein weiser mann namens Sam ist, und hat seine 2000 Freunde und ist für immer glücklich, obwohl niemand weiß, ob es ein anderes kleines mädchen gibt, das dasselbe trägt Name: Misja? Aber zu versuchen, den guten Charme des Jungen einzufangen, ist eine andere Geschichte.

Für das Mädchen namens Edelweiss,
das auch ein kleines mädchen ist, das
die gleiche Persönlichkeitschemie wie
ein kleiner junge hat. So wütend wie
der lila junge. Wird eine Fortsetzung,
die sich nur wenige vorstellen
können....

1. Du sollst neben mir keine anderen Götter haben.

Richten Sie Ihr Leben auf den Gott aus, der der Ursprung und das Ziel von allem ist.

2. Du sollst den Namen des HERRN, deines Gottes, nicht missbrauchen; denn der HERR wird den nicht für unschuldig halten, der seinen Namen missbraucht.

Benutze Gottes Namen nur im Dienste des Guten.

3. Denken Sie an den Ruhetag, damit Sie ihn heiligen.

Gönnen Sie sich regelmäßig Ruhe- und Aufbauzeiten. Wo man für die Menschen Kraft sammelt als Segen statt als Last. Im Christentum galten sie oft als Zusammenstellung des Gesetzes Gottes, das sich auch in den Herzen der Heiden wiederfindet und daher als Naturgesetz bezeichnet wird.

4. Ehre deinen Vater und deine Mutter, damit es dir gut geht und du lange in deinem Land lebst.

Zeigen Sie Ihren Eltern Respekt und Liebe und Sie können dasselbe von Ihren Kindern erwarten.

5. Du sollst nicht töten.

Schützen und ehren Sie das Leben in all seinen Formen.

6. Du sollst keinen Ehebruch begehen.

Sei deinem Partner treu.

7. Du sollst nicht stehlen.

Respektieren Sie das Eigentum und die Rechte anderer.

8. Du sollst gegen deinen Nächsten kein falsches Zeugnis ablegen.

Zeigen Sie sich zuverlässig in Gedanken, Worten und Taten.

9. Du sollst das Haus deines Nächsten nicht begehren.

Teilen Sie die Freude Ihrer Mitmenschen, dass sie ein gutes Zuhause hat.

10. Du sollst nicht die Frau deines Nächsten begehren, noch seinen Diener, noch seine Magd, noch die seines Nächsten.

Erlaube dir, dich darüber zu freuen, dass dein Mitmensch es gut gemacht hat im Leben.

---

[3] Die Zehn Gebote oder Zehn Gebote Gottes, wie sie auch genannt werden, sind die Zehn Gebote, die Gott Moses im Alten Testament, Exodus, gegeben hat. Einige Gebote werden einfacher erklärt oder interpretiert, um vermutlich eine bessere Orientierung zu geben, während andere nur reine Gebote ohne Erklärung sind, darunter das doppelte Liebesgebot und die goldene Regel: „Liebe deinen Nächsten wie dich selbst".

Die Zehn Gebote und Die sieben Todsünden

Die sieben Todsünden, die Hauptsünden oder Kardinalsünden, sind Begriffe innerhalb des Katholizismus. Diese Sünden machen sie der Strafe des ewigen Todes schuldig und können nur durch das Sakrament der Buße gesühnt werden. Sie alle haben positive Gegenstücke in den sieben Tugenden. Sie führen teils zu anderen Lastern und Sünden, teils zur ewigen Verdammnis, wenn der Sünder nicht Buße tut. Die Todsünden sind nicht in der Bibel aufgeführt, aber es war die zusammengestellte Liste von Papst Gregor I.[4]:

Stolz

Gier

Lust

Der Neid

Völlerei

Wut

Wie man jemanden empfängt, hängt von seiner Kleidung ab, aber wie man sich verabschiedet, hängt von seiner Intelligenz ab.
Russisches Sprichwort

Aber dann sieht man nicht das Innere der Person, nur das Äußere sieht angebracht, wo der Spiegel die Antwort gibt, wie man einander begegnen soll, ein Dinner for one ist langweiliger als zwei, da die Unterwerfung nicht gut in den Mund passt, und das Auge sieht und handelt.

Bevor Sie sich Geld von einem Freund leihen, entscheiden Sie zuerst, welches Sie am dringendsten benötigen.
Amerikanisches Sprichwort

Das Woodstock Festival – die größte Menschenmenge, die sich jemals zu einem anderen Zweck als dem Krieg versammelt hat. **John Lennon**

Aber einen ehrlichen Menschen kann man nicht täuschen.

---

[4] Heute ist was anders? 1. Unwahrheit und Lüge. 2. Hass. 3. Rücksichtslosigkeit. 4. Aufsicht. 5. Bigotterie. 6. Fremdheit. 7. Gier.

LEBEN

Das Licht der Nacht wirft den dunklen Tag,
wenn die Dunkelheit des Tages die Nacht des Lichts wirft.
Und so.....

An dem Tag, an dem du den Weg gehst,
verbreitet den Geruch des Ziels vor ihm.
Und so....

Die Nacht, die die Morgendämmerung hasste,
erwacht mit Zustimmung in der Luft von morgen,
die die Flügel tragen, die der Liebe entspringen.
Und so....

Der Tag, der um Mitternacht des Abends liebt,
einen Hinweis bekommen, der zum Weg der Reise führt,
das einen Duft aus der Luft in die Wünsche des Geistes trägt.
Und so....

**DIE ZEIT MIT DEM PRINZ DES KÖNIGREICHS BRINGT DIE KAMPF
DER UHR ZU TRÄNEN MIT LACHEN**

Die Zeit ist angeschwollen mit Perioden der Macht,
Wenn Erinnerungen vorbeiziehen,
Gedanken zum gestrigen Datum,
macht einen Spaziergang über den Körper,
mit Fingern, die von Fuß zu Kopf wandern.
bis zum Knochen des Gehirns vom Fuß der Wurzel,
das Haar steht auf, so dass alle Strähnen,
In den Hügeln steht,
fällt wie Gänsehaut auf den Boden der Haut,
unter dem Blütenstempel.

DAS TIER IM UNTERGRUND DES HIMMELREICHES

Wo das Biest in ihrem Gesicht verblasst,
bringt jedem Menschen die Nase zum Strahlen,
Angst, ein Wesen mit der Pflanze darin zu sein,
Die Augen einer Blume sind ein Stiel mit einem Schaft daran,
Der Tau, der fällt, gibt Tropfen,
der sowohl Tiere, Fisch als auch Schalentiere mit menschlichen Ohren
schmeckt.

FLIEGE HÄSSLICHE FLIEGE ESSEN...

Wenn der Adler auf dem Flugplatz landet,
nach einem Pilotensturz auf der Landebahn,
die Eule sieht und hört, wie die Weisheit vorbeizieht,
mit den Flügeln der Geschichte reisen in dem Wunsch, dabei zu sein...
Bist du bei mir?

**Schwarz mit einem roten Punkt in der Sonne und vier weißen
Punkten in der Mitte des Tunnels**

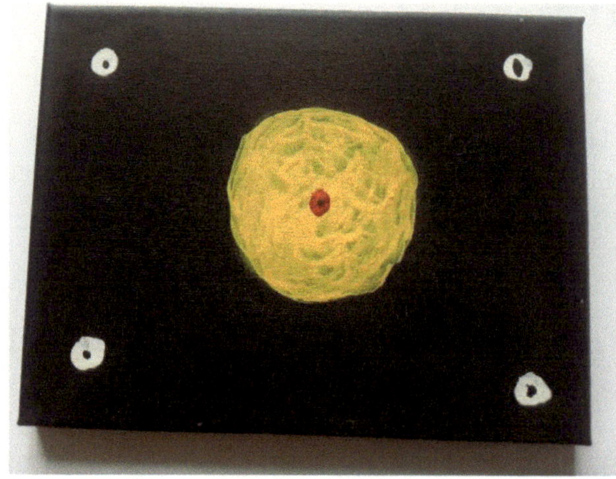

Schach für Farbenblinde, damit Sie langweilig werden.

In der Planungsphase hatte das Maifeiertagsabzeichen[5] 1977 ein völlig anderes Design, es zeigte ein großes S. Die Pläne waren weit fortgeschritten und sechs Muster wurden hergestellt. Als die Bekanntgabe kam, dass Ernst Wifgfors (mit 376.110 verkauften Exemplaren) am 3. Januar verstorben sei, war es für den Parteivorstand klar, dass er auf der diesjährigen Plakette geehrt werden sollte.

BROSCHE[6], vermutlich Silber mit Spuren von Vergoldung, in Form der Olympischen Ringe, Dekor mit facettierten Glassteinen in den Farben Blau, Gelb, Schwarz, Grün und Rot (Die ineinander verschlungenen Ringe repräsentieren die fünf Kontinente).

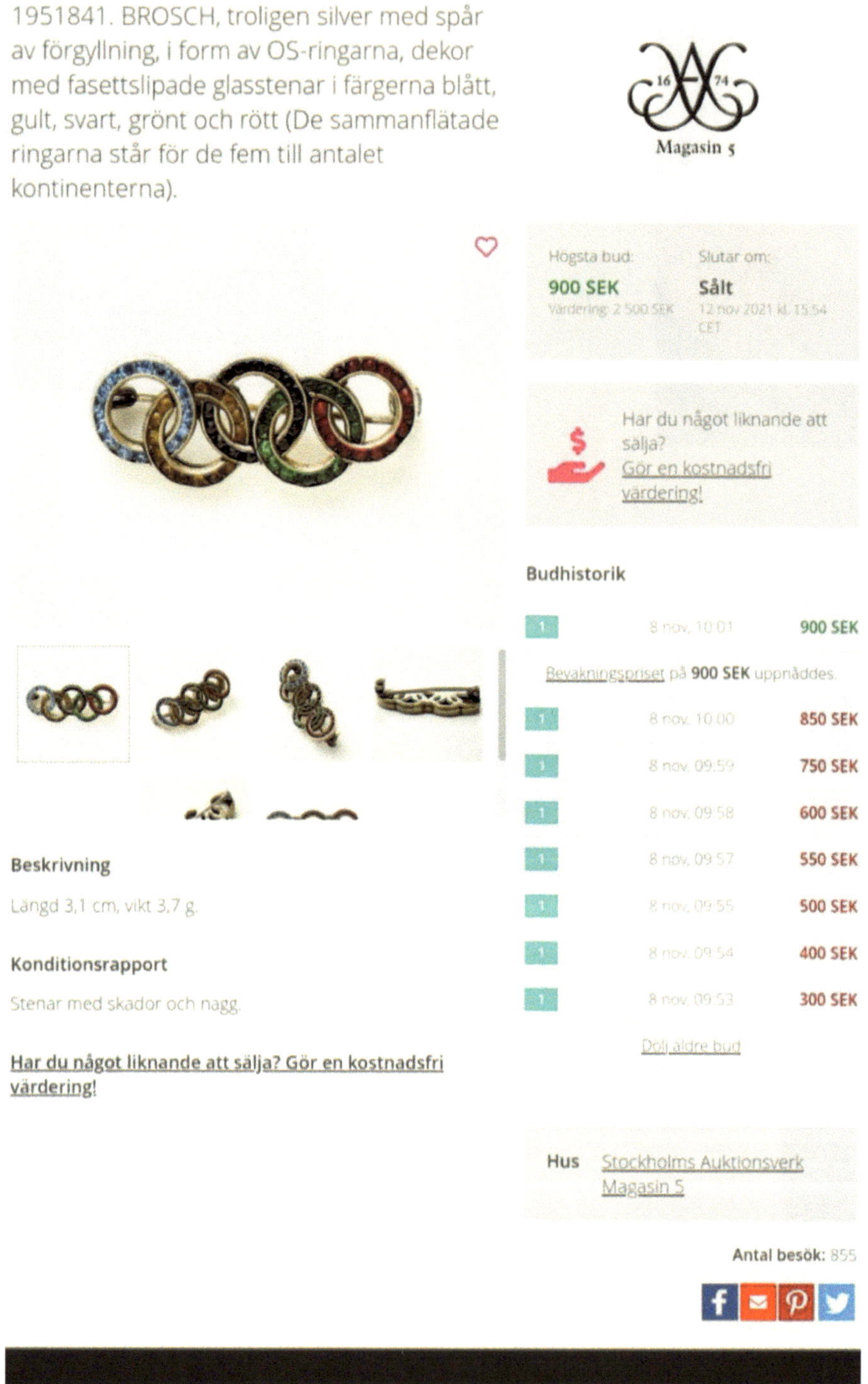

---

[6] Höchst gebot: SEK 900. Bewertung: SEK 2.500. Verkauft: 12. November 2021 um 15:54 MEZ. Stockholms Auktionsverk, Magasin 5. https://auctionet.com/sv/1951841-brosch-troligen-silver-med-spar-av-forgyllning-i-form-av-os-ringarna-dekor-med

Gekauft bei Uppsala Auktionskammare[7], weil Jonas Johansson in Kungsbacka nach den allerersten Maiblumen suchte, wurde der Eichenschrank ohne die ersten Maiblumen für 1000 SEK verkauft. Das Lustige ist, dass Knut Knutson (bekannt aus Antikrundan, SVT; Sveriges Television) es versteigert hat.

176. MAI BLUMEN, 51 STÜCK
AUSRUF
5.000-6.000 SEK
490-580 €

PREIS
9.500 SEK

KATALOGTEXT
Majblommor, 51 Stück, Majblommans riksförbund 1907 und 1909 1958. In einem Eichenschrank mit gesticktem Dekor. Schrank L 40, B 6, H 54 cm.

Die National Association of Mayflowers ist eine gemeinnützige Organisation, die 1907 von Beda Hallberg in Göteborg mit dem Ziel gegründet wurde, öffentliche Krankheiten mit Geldern aus verkauften Mayflowers zu bekämpfen.

ZUSTANDSBERICHT
Tragen. Kabinett mit Trockenrissen. Die Blume von 1908 fehlt. Die bei 1908 platzierte ist die Blume von 1926. Die bei 1926 platzierte ist die Blume von 1958 (aber ihr fehlt ein Blatt). 1909 fehlen Blütenblätter. 1915 fehlen Blütenblätter.

ÄNDERN
Nachtrag zum Zustandsbericht und ergänzende Informationen: 1908 Blume fehlt. Die bei 1908 platzierte ist die Blume von 1926. Die bei 1926 platzierte ist die Blume von 1958 (aber ihr fehlt ein Blatt). 1909 fehlen Blütenblätter. 1915 fehlen Blütenblätter.

---

[7]https://www.uppsalaauktion.se/auktioner/?auction_name=20220118&catalog_nr=176&type=filter&query=Majblommor%20&estimate_min=1000&estimate_max=100000000&hammer_min=1000&hammer_max=100000000

176. MAJBLOMMOR, 51 STYCKEN

UTROP

5.000 - 6.000 SEK

€ 490 - 580

KLUBBAT PRIS

9.500 SEK

KATALOGTEXT

Majblommor, 51 stycken Majblommans riksförbund 1907 samt 1909-1958. I ekskåp med broderad dekor. Skåp L 40, B 6, H 54 cm.

Majblommans riksförbund är en ideell organisation som grundades av Beda Hallberg i Göteborg 1907, i syfte att bekämpa folksjukdomar med medel från sålda majblommor.

KONDITIONSRAPPORT

Slitage. Skåp med torrsprickor. 1908-års blomma saknas. Den som är placerad vid 1908 är 1926-års blomma. Den som är placerad vid 1926 är 1958-års blomma (men den saknar ett blad). 1909 saknar kronblad. 1915 saknar kronblad.

ÄNDRING

Tillägg till konditionsrapport och kompletterande information: 1908-års blomma saknas. Den som är placerad vid 1908 är 1926-års blomma. Den som är placerad vid 1926 är 1958-års blomma (men den saknar ett blad). 1909 saknar kronblad. 1915 saknar kronblad.

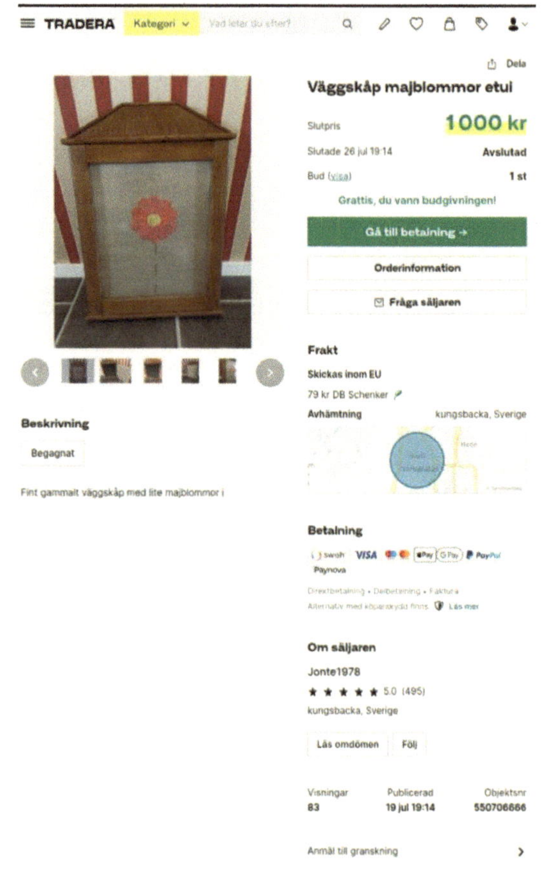

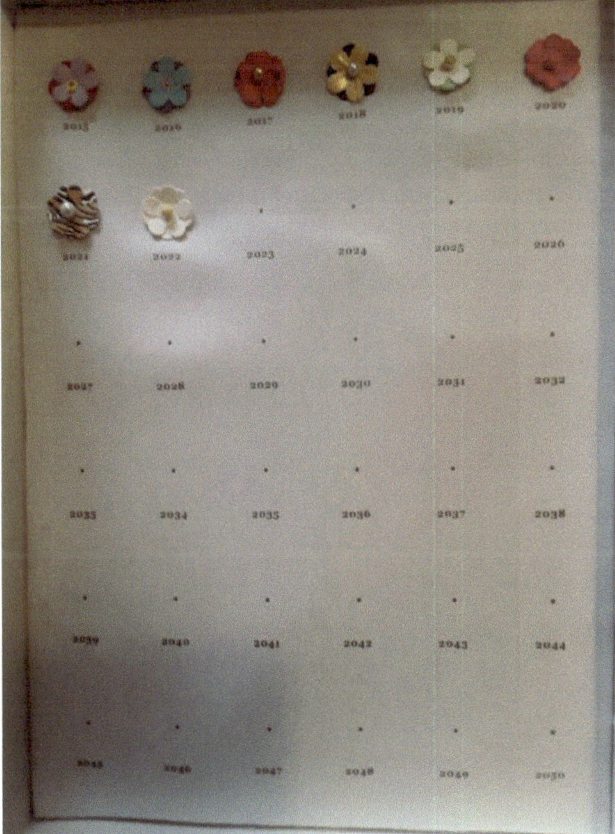

Album Majblommor

Slutpris	**33 500 kr**
Slutade 27 sep 12:16	**Avslutad**
Bud (visa)	**81 st**

Grattis, du vann budgivningen!

Gå till betalning →

Orderinformation

✉ **Fråga säljaren**

Frakt

Skickas inom EU

PostNord frimärke Fri frakt

Avhämtning Falun, Sverige

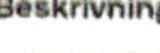

Betalning

Direktbetalning • Delbetalning • Faktura
Alternativ med köparskydd finns 🛡 Läs mer

Om säljaren

snulle
(425 omdömen)
Falun, Sverige

Läs omdömen   Följ

Visningar	Publicerad	Objektsnr
1437	**13 sep 12:16**	**558867675**

Beskrivning

Begagnat

En komplett samling med majblommor från 1907 till 2022.
Finns även med en prototypen av majblomman från 1906.
Blommorna är i mycket gott skick, från 1965 och framåt är
de flesta ocirkullerade.
Har samlat sedan jag var 9 år och sålde själv har varit
mycket noggrann med att förvara blommorna. Säljer
albumen i sin helhet och helst inte lösa. Svara gärna på era
frågor. OBS! Finns album från 1979 - 2050 också.

2630291. MAJBLOMMOR, ca 180 st, i skåp,
bl.a. år 1907.

Beskrivning

Skåp ca 49,5x40,5 cm
I skåp finns majblommor från 1907-2012.
Platta med dubbletter samt kransar medföljer.

Konditionsrapport

Halva mittenlagret saknas på 1907, bakre lagret med spricka
vid nålen, mindre sprickor i blad. I övrigt fint skick övertag,
mindre sprickor förekommer. Ytsmuts.

Ej fullständigt genomgånget, böjda och delvis lösa nålar
förekommer.

**Har du något liknande att sälja? Gör en kostnadsfri
värdering!**

Högsta bud:	Slutar om:
9 300 SEK	**Sålt**
Värdering: 12 000 SEK	24 jan 2023 kl. 17:09 CET

Grattis, du vann budgivningen!

Se fakturor och andra detaljer på Mina sidor.

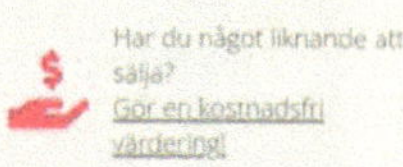

Har du något liknande att
sälja?
Gör en kostnadsfri
värdering!

Budhistorik

5	DU	24 jan, 17:08	9 300 SEK
3		24 jan, 17:07	8 800 SEK
5	DU	24 jan, 17:06	8 300 SEK
6		24 jan, 17:06	7 800 SEK
5	DU	24 jan, 17:05	7 300 SEK
3		24 jan, 17:05	6 800 SEK
6		24 jan, 17:04	6 300 SEK

Bevakningspriset på **6 300 SEK** uppnåddes

5	DU	24 jan, 03:46	5 800 SEK
4		23 jan, 22:37	5 300 SEK
5	DU	23 jan, 18:50	4 900 SEK
4		23 jan, 18:17	4 700 SEK
3		17 jan, 18:29	2 455 SEK
2		17 jan, 10:02	1 000 SEK
1		17 jan, 09:20	300 SEK

Dölj äldre bud